Alma y la isla

Mónica Rodríguez

Alma y la isla

Ilustraciones de **Ester García**

XIII PREMIO ANAYA
DE LITERATURA
INFANTIL Y JUVENIL

© Del texto: Mónica Rodríguez, 2016
© De las ilustraciones: Ester García, 2016
© De esta edición: Grupo Anaya, S. A., 2016
Juan Ignacio Luca de Tena, 15. 28027 Madrid
www.anayainfantilyjuvenil.com

1.ª edición, abril 2016
2.ª edición, octubre 2016

ISBN: 978-84-698-0888-7
Depósito legal: M-2659-2016
Impreso en España - Printed in Spain

Las normas ortográficas seguidas son las establecidas
por la Real Academia Española en la
Ortografía de la lengua española, publicada en el año 2010.

Índice

1

L LEGÓ DE LA mano de mi padre. Era muy
negra. Solo se le veían los ojos blancos y
asustados y los bucles cayéndole por las mejillas.

Para llegar hasta aquí había hecho un viaje
muy largo. Yo lo sabía. Pero a mí solo me parecía un demonio.

Ella se escondió detrás de mi padre. Hubo
un momento de forcejeo y yo vi la cabeza ri-
zosa agitarse y el brillo fugaz de una dentadu-
ra blanca y perfecta. Después, todo fue oscuridad en su rostro. Ni siquiera se le veía el
blanco de los ojos. Apretaba los párpados
muy fuerte y temblaba. Hablaba en un idioma
extraño, incomprensible.

Había llegado del mar y las casas de acogida estaban atestadas.

Mi padre, que es pescador y que la había
sacado de las aguas, decidió traerla a casa.

A veces, algunos pescadores hacían eso: se llevaban a niños que venían del mar a sus casas hasta encontrar una solución.

Nadie sabía su nombre, pero mi padre dijo que se llamaba Alma.

2

LA MAYORÍA DE la gente de la isla se dedica a la pesca, pero también hay pequeños agricultores, comercios, ebanistas. Las calles del puerto descienden en un zigzagueante remolino y van a dar al mar.

El azul lo rodea todo, llena las calles con su olor penetrante y profundo. En sus rincones y sus aguas crecieron mis hermanos y eran alegres, revoltosos como la espuma que rompe contra los farallones. Entonces el viento era aún apacible y también el mar. Las barcas de colores de los pescadores se balanceaban suavemente en la bahía. A veces, las gaviotas trazaban círculos; otras, se posaban sobre las proas o los puentes y picoteaban los restos de pescado.

Toda la isla respiraba al ritmo del azul.

Así son las islas del Mediterráneo.

Al atardecer, las mujeres se sentaban en sus sillas de caña, rodeadas del viento y del azul que entonces se oscurecía. Algunas remallaban redes, cosían y hablaban. Otras, como mi madre, acunaban al menor de sus hijos entre los brazos. Y ese era yo, Otto, una criatura gordezuela a la que todos contemplaban. De cuando en cuando, las mujeres levantaban la vista hacia la tarde impenetrable, hacia el mar que era su vida y su descanso. Chismorreaban sobre la gente de la isla, sobre las últimas mareas y, cuando todo era casi negro y las estrellas se apretaban en lo alto, narraban historias fabulosas.

Se sentían seguras mirando aquel mar.

Escuchando su arrullo.

Mi abuela era de las que mejor contaba. Se apretaba en su chal y miraba con aquellos ojos que guardaban mucho de lo azul y que eran pequeños y brillantes, escondidos en el ovillo de sus párpados llenos de arrugas.

Su voz era la voz de todas las mujeres que habían contado antes que ella.

Mis hermanos la escuchaban fascinados, con las mejillas encendidas por el viento y por el bullicio del día, hasta caer rendidos en un sueño protector. Aquella voz y el alegre alboroto de mis hermanos, que eran muchos y todos chicos, acompañaron mis primeros años.

Entonces los hombres no estaban presentes. Se iban a los bares del puerto y fanfarroneaban

sobre sus capturas, bebiéndose a traguitos el vino dulce de la isla. Los niños mayores decidían pronto cambiar el círculo de mujeres por el desorden de los hombres. Al principio no les gustaba. Pero era la vida, y a la vida uno acaba acostumbrándose, como dice mi padre.

Había también una parroquia a la que se acudía los domingos. Al cura, como al maestro, se le tenía mucho respeto. Nos gustaba el sonido de las campanadas de la iglesia.

Todo era hermoso como una infancia inacabable.

Y entonces, empezaron a llegar.

3

YO TENÍA CUATRO años e iba de la mano de mis hermanos. Corríamos con los demás hacia la playa y nos hicimos sitio para ver aquel bulto que la marea empujaba hacia nosotros. Mis hermanos estaban excitados y también sobrecogidos. Alguien me puso la mano en los ojos para que no lo viera, pero yo lo veía. Era un cuerpo negro y flotaba boca abajo. Era un ahogado. En casa no se habló de otra cosa en muchos días.

Después, llegó el primer barco. Una embarcación pequeña, atestada de hombres, la mayoría negros. Alguien la señaló desde la orilla y miramos hacia allí y vimos cómo los hombres saltaban de la barca y corrían o nadaban cada uno hacia un lugar de la playa.

Algunos besaron la arena.

Mis padres, mis hermanos y todos los demás estaban tan pasmados que no supieron qué hacer.

Fueron el cura y el maestro quienes lo organizaron todo.

Suleman venía entre aquellos hombres. Solo tenía diecisiete años. Los echaron a todos menos a Suleman. Los devolvieron a sus países de donde se habían escapado a causa de la miseria y de la guerra, y de otras cosas así.

Yo los veía caminar y tiritar con aquellas bocas grandes, llenas de dientes, y unos ojos rebosantes de oscuridades y también de esperanzas. Iba de la mano de mi madre y berreaba ante aquella escena que me sobrecogía. Lo recuerdo porque Suleman se detuvo, miró hacia nosotros, bajó la vista y me vio. Lloré más fuerte y entonces él se quitó una bolsita de cuero que llevaba colgando del pecho y me la puso en el cuello.

Dejé de llorar de puro miedo.

A Suleman lo llamaron y corrió a la fila de hombres maltrechos y negros.

Los alojaron en la parroquia hasta que todo estuvo resuelto y pudieron devolverlos.

Solo se quedó Suleman por ser menor de edad.

Guardé aquella bolsita de cuero entre mis canicas, sin saber sus cualidades, y la olvidé.

Todo pareció volver a la normalidad. Las mujeres regresaron a sus sillas y los hombres a

la taberna. El mar era una línea apacible y azul.
Las campanas sonaban de tarde en tarde.

Y el viento.

La isla.

Pero ese fue solo el principio.

4

EL MAR DEJÓ de ser azul.
No fue fácil acostumbrarse a ver los cuerpos meciéndose entre las olas. O las filas de muchachos, de mujeres, de hombres empapados, tiritando bajo las mantas que les entregaban los de salvamento.

Porque empezaron a llegar otras barcas, muchas barcas llenas de hombres, de mujeres y de niños. A veces entre los rostros negros y desesperados se descubría una sonrisa, frágil como una mariposa.

Pensaban que aquí sus vidas valdrían algo.

Pero muchos no llegaban. Se los quedaba el mar.

Vinieron de la península y construyeron casas de acogida. Organizaron el centro de salvamento y el de inmigración. Y cuando llegaban niños, los montaban en un autobús y los llevaban a una parcela de la parroquia, a la salida del pueblo, y les dejaban jugar.

Nosotros veíamos sus caritas detrás de las ventanillas del destartalado autobús y el polvo que levantaba el vehículo al alejarse. A veces nos saludábamos con la mano.

Y el tiempo pasaba y seguían viniendo.

Las mujeres dejaron de sentarse en sus sillas para mirar el mar que traía barcas y también ahogados. Los hombres a veces se quedaban con las mujeres y no iban a la taberna. Por las calles se veían las sombras negras de los venidos del mar.

No fue fácil acostumbrarse, no.

Pero nos acostumbramos.

Y entonces mi padre trajo a Alma.

5

CUANDO SE TRANQUILIZÓ, la sentaron delante de una mesa y de un cuenco de leche y de pan. Ella lo miraba todo con esos ojos grandes que destacaban en la luz amarillenta de la cocina. Su carita negra brillaba y era como el azabache, como el ébano de Gabón. Los rizos se le caían misteriosos por los bordes de las mejillas y ella, todavía asustada, miraba a su alrededor sin atreverse a tocar el pan y la leche. Pensé que debía tener diez años, como yo, y que ya casi se había ahogado en el mar. Entonces descubrí, en su pecho, una bolsita de cuero, amarrada con una cuerda, muy parecida a la que Suleman me había regalado cuando tenía cuatro años. Debí de poner una cara rara porque la niña volvió sus ojos hacia mí y siguió la línea de mi mirada hasta aquella bolsita que era su amuleto. Me pareció que ella entonces iniciaba una especie de sonrisa.

Fue una intuición, un pálpito que quedó sobre sus labios.

—Vamos, chiquilla, come —le dijo mi madre, mirándola con ternura y tristeza.

También la abuela la miraba de aquella manera. Y mis hermanos, los cuatro que quedaban en casa. Traté de mirarla así pero a mí esa cara no me salía. Mi padre le hizo un gesto para que bebiera la leche. Al fin ella puso sus manos pequeñas y negras en el cuenco. Bebió con ansiedad y se le quedó la mancha blanca en el bigote. Después devoró el pan como un perro hambriento.

—Otto, pórtate bien con ella —dijo mi madre que me veía paralizado, con los ojos muy abiertos, viendo a la niña negra como un demonio—. Ha sufrido mucho. Lo ha perdido todo y está sola.

—No está sola —corrigió la abuela—. Está con nosotros.

Yo les miraba y decían cosas, pero no les escuchaba. No quería que Alma se quedara con nosotros.

—Solo un tiempo —aclaró mi padre, como si me hubiese leído el pensamiento.

Su mano se posó sobre mi cabeza. Un instante.

Después mi madre levantó a la niña en brazos y se la llevó a mi dormitorio.

6

—Tu papá ha sido muy valiente —me dijo la abuela—. Se tiró al mar a por ella. Era solo un cuerpo que flotaba.

Yo cerré los ojos y vi la imagen de la niña negra boca abajo en el agua. Los bucles flotando, mecidos suavemente por el azul. No quería ver esa imagen, pero la veía.

Me daba miedo y pena, y más.

Es difícil de explicar, era como un sentimiento oscuro, un pesar que me cubría el pecho y los ojos. Como una sombra, y yo no sabía qué me pasaba.

Solo sabía que sin la niña negra yo no sentía todo eso.

Salí afuera para no verla, y me puse a jugar. Tiraba una y otra vez la pelota contra la pared de casa. Cada vez más fuerte, casi con violencia, como queriendo sacarme esa oscuridad de dentro. De pronto me detuve, percibí la fragancia azul de la isla, el sol, los pájaros y fue como una corriente que me mecía. Todo se volvió extrañamente plácido. El sol relumbraba en los cristales de mi habitación donde dormía la niña negra.

Y el viento. El ruido de las gaviotas.

Sus alas contra la luz.

No sé por qué pensé en el amuleto.

Y esa luz y el amuleto me guiaron.

7

Fui a mi habitación y entorné la puerta. El sol entraba levantando pequeños resplandores de polvo, rayaba el rostro de la niña negra dormida sobre la almohada. Respiraba como respira la isla y todo en la habitación parecía ajustarse a aquel ritmo. Sentí que su amuleto me empujaba.

Así dormida ya no parecía un demonio. Parecía una niña indefensa. Se movió inquieta, y sus bucles resbalaron por la almohada. Tenía unos labios grandes, casi morados y los párpados eran como dos almendras. Pensé que los iba a abrir y que me iba a quedar frente a aquellos ojos terribles y asustados. Pero no fue así. Con cuidado levanté la sábana y vi su amuleto balanceándose en el pecho, como sobre un mar, y las cicatrices de sus brazos. Me pareció que una diminuta llama salía de aquel amuleto y solté la sábana, sobresaltado.

Salí de mi habitación tan rápido que tropecé con la abuela en el pasillo. Ella me miró sorprendida. Después, volvió la vista hacia la puerta de mi cuarto que había quedado entornada y sonrió. Me dio rabia que la abuela me viera y que sonriera de aquella manera. Entré a grandes pasos en la cocina. Mi madre estaba de pie, frente al fregadero.

—¿Y ahora dónde duermo yo? —pregunté, enojado, cruzándome de brazos.

—Con la abuela —dijo mi madre, y abrió el grifo y el agua cayó como un torrente de plata sobre el pescado que tenía entre sus manos.

8

Todos estaban encantados con Alma. Mi madre le hablaba a gritos, como si así ella pudiera entenderla mejor. Mis hermanos le regalaban cosas, trataban de hacerla reír. Ariel, el mayor, se la puso en la espalda y corrió arriba y abajo por la casa haciendo ruidos estúpidos con la boca. Los demás aplaudían. Pero ella seguía mirándonos con los ojos llenos de terror.

Me fijé en que le habían quitado su amuleto y que, para todos, aquella niña negra era como un juguete.

La niña que nunca habían tenido.

La abuela meneó la cabeza.

—Pobrecita —dijo.

Al fin, Ariel la dejó en el suelo y ella corrió hacia la mesa camilla y se metió debajo.

Mi madre, la abuela y mis hermanos se miraron confundidos.

—Sigue muy asustada. A saber lo que han visto esos ojos —dijo mi madre—. Venga, Otto, sácala de ahí y juega con ella.

Me sentí paralizado. Miré con horror el mantel de la mesa que temblaba levemente. Tenía miedo a levantarlo. No sé por qué. No quería hacerlo. ¿Por qué tenía que ser precisamente yo teniendo cuatro hermanos?

Me di la vuelta y me fui.

—Hay que ver —dijo mi madre.

Y mis hermanos dijeron cosas peores.

—El príncipe destronado por la reina de Saba. —Fue lo último que oí entre las risas de los dos mayores.

9

Subí a uno de los tejados de las casas de arriba, las piernas colgando, el mar de frente. Y era como un gato, como un trozo de sol rodeado de azul y no pensaba en nada. Eso me gustaba. A veces lo hacía. Subía allá arriba y solo miraba. Las casas cayendo hacia el puerto, detenidas con la luz en sus tejados. Los barcos diminutos balanceándose en el mar profundo y malva. Y el cielo, los árboles de la isla.

Un grupo de niños jugaba al fútbol en un descampado cercano. Parecían hormigas. Aún estuve mucho rato allí y luego salté y fui hacia ellos.

—¿Puedo jugar?

—Vale —dijo Marco.

Corrí hasta extenuarme por todo el campo. A veces, conseguía el balón y lo lanzaba con todas mis fuerzas y siempre fallaba.

—¿Pero qué haces? —gritó Jonás, enfadado—. ¿No ves que estaba solo? ¡Hay más gente que tú en el mundo!

Me enfurecí. Gente era precisamente lo que sobraba en el mundo. En mi mundo. Y fue como si esa frase se me hubiera quedado en la cabeza y me ofuscaba.

—¡Te la pasaría si supieras jugar, idiota! —grité.

Y nos pegamos. Fue un barullo de brazos y piernas y la oscuridad llena de golpes y también roja, hasta que alguien nos separó. Achiqué los ojos para mirarle con odio. Sentía el corazón desbocado y mucha rabia.

De regreso a casa fui dando un rodeo, y ya era de noche. En la ventana de Isabella, que era blanca y rubia y tramposa, pero que tenía los ojos verdes (verdes, no azules), había una sombra. Me detuve por ver si era ella y le lancé una piedra. Oí un grito y se cerró la ventana. Sí, era ella. Retomé mi camino un poco nostálgico, como los enamorados, apaciguado por el deporte y la pelea.

La noche se colaba con el viento por mi cuello, por las mangas de mi camiseta. Todo lo humedecía, lo iba llenando de negro y yo no tenía tiempo de mirar las estrellas. Se había hecho demasiado tarde.

El mar sonaba como un lamento.

Cuando llegué a casa, mi padre me agarró por la oreja y me dio un cachetazo.

Tenía las manos duras, curtidas por el roce de las redes y el mar.

—¡A tu cuarto! —dijo.

—Al de la abuela —corrigió mi madre.

Mis hermanos cenaban armando bulla, pero entonces habían hecho un silencio y allí en medio estaba yo. Y todos me miraban.

—Te crees que puedes hacer lo que te dé la gana —dijo mi padre entre dientes.

Alma seguía debajo de la mesa camilla. Levantó la tela y me miró.

10

SENTÍ EL CUERPO de la abuela cerca del mío, su olor a aceite de almendras y a vejez. Dormía junto a mí en la cama y me sentí bien, arropado por su presencia. Cerré los ojos y el sueño tiró de mí. No sé qué me hizo abrirlos de nuevo.

Allí estaba, delante de la cama de la abuela, pequeña y negra, mirándome con sus ojos profundos. Impenetrables.

Y no me pareció un demonio.

Me pareció una reina.

Puso su mano en el cuello para que yo comprendiese que ya no tenía el amuleto.

No sé cuándo volví a dormirme, pero de pronto era de día y ni siquiera la abuela estaba al otro lado de la cama. Recordé el rostro de Alma en mitad de la noche. No supe si lo había soñado.

11

Paseé por la casa descalzo y en pijama mirando en todos los rincones.

—Alma no está —dijo la abuela.

Me encogí de hombros para que no creyera que me importaba.

—Se ha ido al médico y a comprar ropa con tu madre.

Volví a encogerme de hombros mientras me sentaba a la mesa de la cocina. Miré el chorro de leche rebotando sobre la loza, la espiral blanca que creaba la mano vieja y segura de la abuela.

—Dice tu padre que cuando empiece el colegio, tendrás que ir con ella —me dijo, llenándome ahora de cereales el tazón.

Entorné los ojos y revolví con desgana la leche y los cereales. Mis hermanos estaban por ahí, comiendo un poco de esto y de aquello, gritando, afeitándose el mayor. Samuel se sentó a mi lado. Me llevé la cuchara a la boca.

—¿Qué te pasa con Alma? —preguntó.

—Nada.

—¿No te gusta?

—Es muy fea.

—Tú sí que eres feo. ¿Te has mirado al espejo?

Me tiró una servilleta y se fue riendo. La abuela meneó la cabeza.

—¿Qué voy a hacer en el colegio con ella si ni siquiera habla?

—No tienes que hacer nada —respondió la abuela entrelazando sus manos sobre el regazo—. Solo estar con Alma para que se sienta segura.

—¿Y por qué tengo que dormir yo contigo y no ella?

—Porque yo quiero —dijo la abuela entornando los ojos—. A ver si crees que prefiero dormir con Alma.

Aunque no quise, sonreí. Di un sorbo al tazón y luego lo alejé arrastrándolo sobre la mesa.

—¡No quiero más!

Sentí un golpe en la nuca y la abuela, muy rápida, se cruzó de brazos.

—Anda y acábalo. Te crees que por que no comas las cosas van a cambiar.

12

Aproveché que Alma no estaba para revolver mis cosas. Al fin encontré el amuleto que me regaló Suleman cuando llegó a la isla y yo tenía cuatro años. Lo guardé en mi bolsillo. Me pareció que palpitaba allí dentro y que me llamaba, pero yo no le hice caso y cogí las pinturas. Pasé el día en la parte de atrás de la casa, en el patio, dibujando. Y dibujaba rostros negros, feos, rodeados de azul que era el agua, y tenían los ojos muy grandes, muy abiertos.

De pronto sentí en mi espalda un desorden del aire y el amuleto pareció quemarme en el bolsillo. Me di la vuelta sobresaltado y allí estaba ella: Alma.

Llevaba un vestido amarillo y se le veían los hombros de azabache, brillantes como los caballos, y el cuello muy largo y muy fino. Solo el vestido y el cuello desnudo. Sin su amuleto,

como en el sueño de anoche. Miró mis dibujos y algo se quebró en sus pupilas.

Me sentí mal por haber dibujado ahogados. Apreté el trozo de cuero de Suleman en el bolsillo sin saber qué decirle. Ella permanecía quieta mirando los dibujos con sus ojos tristes y estaba guapa Alma con aquel vestido amarillo. Muy negra y muy limpia.

La tarde parecía haberse detenido entre nosotros. Su luz era alegre, como si Alma no hubiera venido de los infiernos. El hambre, la miseria. La travesía en el mar. Todo eso eran sus ojos, y sin embargo la luz resplandecía. Son cosas que suceden.

Ella estaba quieta y entonces se movió como un animal herido o enfadado y me arrancó uno de los dibujos. Lo rompió con rabia. Y luego los otros, y ya solo quedó uno donde un rostro negro y redondo salía del óleo azul. Creí que también iba a romperlo, pero en lugar de eso cogió un rotulador y pintó torpemente un amuleto alrededor del cuello de mi dibujo y unos bucles junto al borde de su cara. El resto de rostros negros estaba a nuestros pies hechos pedazos.

Los dos nos quedamos absortos mirando el papel salvado. A sus labios asomó una pequeña sonrisa.

Como de esperanza.

Y yo sabía que me pedía su amuleto.

Toqué el de Suleman que parecía agrandarse en mi bolsillo y estuve a punto de enseñárselo, pero llegó la abuela. Al vernos así, juntos, casi sonrientes, sacudió la cabeza contenta y esa alegría de la abuela me irritó. Solté el amuleto dentro del bolsillo.

—¡Me ha roto todos los dibujos! —grité para que no pensara que nos habíamos hecho amigos.

Y antes de que pudiera reaccionar, me fui golpeando el suelo muy fuerte.

13

A PESAR DE TODO, tal vez llevado por el peso de mi bolsillo, le pregunté a Ariel.

—¿Dónde está el amuleto que llevaba Alma al cuello?

Él se encogió de hombros.

—¿Qué amuleto?

Fui donde mis otros hermanos, pero ninguno sabía nada.

—¿Ese pedazo de cuero hecho un desastre que llevaba colgado del cuello? —preguntó mi madre—. En la basura, dónde va estar.

Meneé la cabeza, incrédulo, pero mi madre que estaba cortando una tela, simplemente se empujó las gafas contra el tabique nasal y preguntó:

—¿Y Alma?

Seguía afuera. La llamaron. Ella nos miraba a través de la ventana y sus ojos no estaban con nosotros, estaban lejos y daban miedo.

Entró corriendo y fue a refugiarse bajo la mesa camilla.

—¿Y ahora, qué pasa?

La abuela me miró acusadora y todos volvieron sus ojos hacia mí.

14

—¿QUÉ HAS HECHO esta vez, Otto? Mi padre tenía el peto de trabajo manchado de pescado, olía a pescado. Mi madre llevaba aún las gafas puestas, en el borde de la nariz, y me miraba por encima de ellas. La habitación estaba en penumbra. Había un aire tenso, como un hilo que se estira donde el mar apoyaba su arrullo y lo hacía vibrar. Tanto que parecía que iba a romperse.

—¿Que qué has hecho, Otto?

—Yo nada. Ha sido ella. Me ha roto los dibujos.

—¿Qué habías dibujado?

—Nada.

—¿Nada?

—Te estás portando como un niño caprichoso.

—Pero si no he hecho nada.

—Pues por eso, Otto, por eso.

—Ya va siendo hora de que hagas algo por lo demás.

—Por Alma, por ejemplo.

Mis hermanos probaron a sacarla de debajo de la mesa camilla con juguetes y chucherías. La abuela lo intentó contándole una de sus fábulas. Todos se sentaron alrededor de la mesa y yo seguí de pie, enfurruñado, y escuchamos su voz, que era la voz de todas las mujeres que habían contando cuentos antes que ella. La luz iba tiñéndose de oscuro y hasta el aire parecía entibiarse con sus palabras. Afuera había muchas estrellas. Y estaba el mar y sonaba.

Los faldones de la mesa camilla se movieron.

La abuela se calló expectante, pero Alma no salió.

De nuevo, un fogonazo quemó mi pierna y la tela del bolsillo donde estaba el amuleto de Suleman. Las palabras acusadoras de mis padres también estaban allí, en aquel trozo de cuero, y los cuentos de mi abuela que habían apaciguado mi alma. Supe lo que tenía que hacer, y no era fácil.

15

No quise mirar a nadie. Me levanté, subí los faldones de la mesa camilla y allí estaba Alma con sus ojos grandes y asustados. Era tan negra que casi no se la veía. Me agaché y me hice un sitio. Bajé la tela para que no nos vieran. La oscuridad se cerró sobre nosotros y hacía calor allí dentro. Sus ojos fosforecían. Saqué mi amuleto y se lo puse a ella alrededor del cuello, con delicadeza. Mis manos tocaron sus bucles y también sus hombros, y eran de plata negra aquellos hombros.

Ella contempló sorprendida el amuleto de Suleman que yo le había abrochado torpemente y que ahora pendía de su cuello.

Entonces sucedió. Fue como un estallido de luz cegadora y, con él, una música de lira y la voz desafinada de una niña cantando. Venían de lejos, del corazón mismo de aquel amuleto. Era el amuleto y era África, y allí estaba Alma

sentada, cantando y sonriendo. Fabricaba una cesta de mimbre y detrás de ella el verdor violento de la vegetación, la tierra ocre de África. Pero no podía ser porque ella estaba allí conmigo, en la oscuridad de la tela, bajo la mesa camilla y no cantaba. Pero yo veía a las dos, a la Alma de África y a la que estaba a mi lado que ahora tocaba el amuleto con una mano y casi sonreía, hasta que la otra, la que cantaba, desapareció.

Le dije:

—¡Vamos!

Salí de debajo de la mesa camilla y Alma me siguió.

Mis padres nos miraron perplejos y también satisfechos, y la abuela sonreía encantada. Oí un ruido y eran mis hermanos que aplaudían.

Sus aplausos me dieron vergüenza. Por culpa de ellos me puse de mal humor.

16

AL DÍA SIGUIENTE, caminé y caminé y la niña negra me seguía. Hacía mucho calor. El sol se reflejaba en las ventanas y el asfalto estaba caliente. Ella iba descalza. El vestido amarillo se le apretaba al cuerpo liso y era el viento de la isla que también le hacía entornar sus ojos. Estaban secos sus ojos y me miraban. Yo los sentía en la espalda como los había sentido aquel día en el patio mientras dibujaba. Bajé por la cuesta que va a dar al puerto. Los barcos se apretaban en su balanceo, con sus colores luminosos como borrones de óleo. Llegamos a la playa. Miré hacia atrás. Alma se detuvo en la arena. Los pies negros medio enterrados. Se quedó inmóvil con todo el sol cayendo sobre su vestido amarillo. Ella miraba el mar con terror.

Me crucé de brazos.

—¿Te da miedo?

Pero no contestaba.

La cogí del brazo y la arrastré a la orilla. Ella gritaba, me daba manotazos.

Mi padre nos vio desde el puerto donde cargaba pescado y echó a correr hacia nosotros.

—¿Pero qué haces, Otto? ¿Estás tonto? ¡Pobre criatura! ¡Suéltala, déjala!

Empezó a venir gente. Nos rodearon. Mi padre estaba muy enfadado y yo le miraba las manos grandes de pescador y tenía miedo. Alma mantenía los ojos muy abiertos, fijos en el suelo. Se le había resbalado un tirante y ahora la luz se detenía sobre aquel hombro redondo y negro.

Entre los hombres llegó Suleman.

Habló con la niña en un idioma extraño y ella dijo:

—*Tsegem yellen.*

—No hay problema —tradujo Suleman con su enorme sonrisa llena de dientes.

Mi padre apretó la quijada. Fue a decirme algo, pero Suleman le detuvo con una propuesta.

—Puedo llevarlos a dar una vuelta. Estarán bien conmigo.

Él debió de pensar que era buena idea que Suleman, Alma y yo pasásemos un rato juntos. Que habláramos.

Así que Suleman nos hizo una seña y la niña negra y yo le seguimos.

Mi padre nos vio alejarnos con los ollares inflados como un toro.

17

SULEMAN HABÍA VENIDO de Eritrea, escapando de la oscura dictadura de su país. Cualquiera que lo viese, no se habría imaginado su pasado de penurias, ni su llegada en barco, atestado de inmigrantes. Suleman era elegante, alegre y sabía cinco idiomas.

La gente de la isla se había acostumbrado a él, y él se había acostumbrado a la gente de la isla. Era uno más. Aunque fuese negro y hubiese venido del mar. Yo a Suleman no le tenía miedo.

Me gustaba verlo jugar al fútbol con los chiquillos o ayudando en el puerto a recoger el pescado. Tenía un torso fuerte y elástico, que brillaba al sol de la tarde y su piel era de oro negro. Me gustaba su sonrisa de dientes grandes, que se abría en su boca como si desplegara la vela de un barco.

Siempre abierta, siempre inflada por el viento. Como ahora.

Tal vez porque me había regalado su amuleto, Suleman cuando me veía me guiñaba un ojo. Yo crecía y él estaba allí, en la isla y ayudaba a los que llegaban del mar.

También Suleman se había enamoriscado. De Lisa, que era isleña y abogada.

Eran una buena pareja: ayudaban a los que llegaban, a los que la desesperanza lanzaba al mar.

Como a Alma.

18

Nos llevó de un lado a otro de la isla y Suleman le iba contando a Alma muchas cosas en su idioma. Ella asentía o hablaba y su voz era grave, cálida y pequeña como una paloma.

Yo iba detrás, con las manos en los bolsillos, pateando alguna piedra. A lo lejos vi a Isabella con su madre. Nos miramos. Era tan guapa y rubia y blanca, casi transparente. Tuve la tentación de ir hacia ella, pero Isabella sonrió de una forma que me dolió y seguí a Suleman y a Alma. Pensé en llamar a Jonás y desaparecer cuando pasamos cerca de su casa. Su ventana relampagueaba al sol. Me detuve indeciso, a lo mejor seguía enfadado por la pelea del otro día. A lo mejor no quería volver a ser mi amigo. Tal vez ni siquiera estuviera en casa y yo allí plantado como un idiota. Miré hacia todos lados. Suleman y Alma habían desaparecido y por un instante me quedé desconcertado, sin saber qué hacer. Entonces lo sentí de nuevo. Tiraba de mí y era un hilo de luz, un hilo de música, como la que había escuchado debajo de la mesa camilla. La voz de la niña y la cuerda de la lira, muy baja y desafinada. Esta vez también había un tambor, como un corazón latiendo. Y era el corazón de África y yo lo sabía.

El hilo me condujo hasta donde estaban Alma y Suleman. Se habían subido a uno de los tejados de la parte alta y sus piernas colgaban en el aire. Suleman me hizo una seña para que subiese allí con ellos.

—A veces te veo aquí sentado, como un gato —me dijo—. Por eso he venido a este lugar.

Después, se dirigió a ella en su idioma. La niña negra me miró.

—*Dmu* —dijo, y se rio.

—*Dmu* significa gato —informó Suleman.

Ella clavó sus ojos en mis ojos, recuperando la gravedad. Mi amuleto, o sea el amuleto que me regaló Suleman y que ahora llevaba ella, destacaba en el vestido amarillo. Se movía levemente, como siguiendo su pulso y yo sabía que la luz que me empujaba y la música que oía salían de él. Y esto era así, aunque suene raro.

Alma sonrió.

Era la primera vez que la veía sonreír de verdad, con toda la boca. Una boca llena de dientes blancos y pequeños.

—*Yekenyelley* —dijo sin dejar de mirarme.

Suleman también sonrió. Estaba entre los dos, algo inclinado hacia atrás, apoyadas sus grandes manos sobre las tejas.

—Te da las gracias —me tradujo.

—¿Por qué?

—Tú sabrás.

Yo miré los tres pares de piernas colgando del tejado. Los vaqueros de Suleman y sus zapatones grandes, mis deportivas y las piernas negras y lisas de Alma, los dedos de sus pies redondeados y foscos, que aún mantenían en sus pliegues destellos de arena.

Y el aire azul entre los pies.

Me encogí de hombros quitándole importancia a su agradecimiento.

—¿De dónde viene? —pregunté.

—De Etiopía —dijo Suleman, poniendo un brazo sobre cada uno de nosotros.

—¿Y su familia?

—No lo sabe.

—¿Han muerto?

—No lo sabe.

—¿Y qué va a pasar con ella? ¿Se quedará con nosotros siempre?

—Si no se encuentra a ningún familiar, la custodia pasará a las autoridades de este país. Si vosotros no queréis tutelarla, irá a una casa de acogida cuando haya sitio. Si encuentra a algún familiar, la enviarán con ellos.

Me incliné un poco para mirar a Alma. Su perfil se delineaba sobre el azul y el viento movía sus bucles. Miraba el mar que rodeaba la isla, aquel mar que se había llevado a tantos y que no había querido engullirla a ella.

Nosotros no íbamos a poder cuidarla toda la vida. Eso era así.

Seguimos un buen rato allí arriba y se estaba bien. Suleman nos contaba cosas y traducía a Alma, y el sol nos quemaba los hombros. Después, bajó tanto que empezó a refrescar y el viento y el mar se volvieron oscuros.

Antes de bajar del tejado Alma me miró con los ojos brillantes. Dijo:

—*Dmu* —y volvió a reírse.

Ya cerca de casa, Suleman señaló el pecho de Alma y me dijo:

—Te ayudará a entenderla.

—¿El qué?

—El amuleto.

Sonrió con esa sonrisa de barco y repitió:

—El amuleto te ayudará a entenderla.

Después se perdió entre las calles con su figura alta y elástica, Alma y yo no nos atrevimos a mirarnos y corrimos hacia casa.

Se oía el mar como la voz de un viejo de la isla.

19

ALMA EMPEZÓ A ir a clases para aprender nuestro idioma. A veces la acompañaba alguno de mis hermanos, pero ella un día se plantó delante de la puerta y dijo señalándome:

—Prefiero tú.

Y a mí me pareció un demonio, como la primera vez que la vi.

—Mira a quién elige la reina de Saba —se rio Samuel.

—Es que es muy guapo nuestro principito —añadió Marco, que me llevaba tres años y era el menor de mis hermanos.

Los cuatro se carcajearon. Entrecerré los párpados demostrándoles todo mi odio y me crucé de brazos.

—No pienso ir.

Sentí un golpe en la nuca y allí estaba la abuela, mirándome de malos modos. Se secaba las manos con un paño y señalaba con la cabeza a mi madre asomada a la puerta de la cocina. La cara de mi madre era peor que la de mi abuela.

—¡Vamos! —le dije a Alma.

Y nos fuimos.

De camino, ella se detuvo y se descalzó.

—Con hermanos zapatos —dijo—. Yo mejor sin zapatos.

Seguimos caminando y en lugar de ir hacia la casa de acogida donde estudiaba nuestro idioma con otros niños, subió hacia los tejados de la parte alta. Escaló con agilidad y me hizo una seña para que la siguiera.

—*Dmu* —dijo sonriente.

—No —protesté—. ¡Tienes que ir a clase o me la cargo yo!

Pero ella no me miraba ni me oía. Sujetaba el amuleto con las dos manos. Tenía los párpados cerrados y toda ella brillaba. Su piel negra brillaba. La isla se posaba allí, sobre ella, como una mano que la acariciaba. Entonces se puso a cantar y era esa la voz de África, la voz que yo había oído en el amuleto.

—Yo pastora —dijo—. Tú *dmu* y yo oveja.

Y se rio.

—¿Por qué vinisteis? —pregunté, desde abajo, con la cabeza inclinada.

Alma se encogió de hombros. Sus ojos se pusieron tristes y entonces escuché los disparos y los gritos. Miré aterrado hacia atrás y salté como un gato a los tejados, junto a ella.

—¿Qué pasa? ¿Qué ha sido eso?

Pero solo se oía el aleteo de los pájaros. El viento entre los rizos de Alma. El mar como el susurro de las iglesias. Y entonces descubrí que de sus ojos caían lágrimas.

Era la primera vez que veía a Alma llorar.

De algún modo intuí que esos disparos y esos gritos no se habían producido en la isla, que venían de un pasado que había empujado a la niña negra y a su familia al mar. Que esos disparos y esos gritos los había sacado el amuleto de su corazón.

Es extraño, pero fue así.

Ella estaba a mi lado con los ojos anegados, mirando el mar.

—Vamos —le dije suavemente—. Tienes que ir a clase.

Y me siguió como un perrito, con los zapatos en la mano.

20

A VECES, ALMA SE ponía delante de mi madre en la cocina y la miraba fijamente.

—Me pone nerviosa —le susurraba mi madre a la abuela, en aquellas ocasiones.

—Solo quiere ayudar —decía la abuela, pelando las judías.

Sobre la mesa, los hilos verdes retorcidos de las vainas. Por la ventana abierta se colaba el aire y era lila y ruidoso como el mar. Levantaba la cortina de gasa.

Yo veía, desde el patio, a través de la transparencia de aquella cortina agitada por el aire, cómo Alma se sentaba en el suelo y agarraba las judías y las pelaba con los dientes.

—Así no —decía la abuela y le enseñaba a hacerlo con tijeras.

Alma era muy torpe con las tijeras.

—Vete a por patatas —le pidió mi madre, yo creo que para entretenerla.

Al rato llegó Alma con la cesta de patatas en la cabeza. Era increíble que pudiera llevarla sin ayuda de las manos, sostenida solo por la coronilla, donde sus bucles negros se aplastaban entre los hilos de mimbre de la cesta. No sé por qué me entró la risa viéndola.

Estaba muy tiesa, y mi madre y mi abuela la miraban perplejas.

Alma, como llamada por mi risa, se giró en la cocina sin que la cesta se balanceara lo más mínimo en su cabeza, y me miró entre los vuelos de la cortina.

Entonces ella también se rio.

11

H ASTA QUE EMPEZÓ el colegio, sobre todo recuerdo aquella tarde en la playa. El mar estaba como un plato, liso, casi verde y a Alma no le dio miedo ir hasta la arena. Pero a la orilla no quería acercarse. Mis hermanos jugaban al voleibol en la zona mojada, lejos. Nos llegaban sus gritos jóvenes y sus sombras moviéndose en la tarde.

Alma se sentó en la arena. Su vestido amarillo se infló y cayó sobre sus rodillas. Yo miraba el amuleto amarrado a su cuello, quería oír y ver cosas a través del amuleto. Quería y no quería. Me sentía atraído como un imán. Me daba miedo y también ganas de saber más, y miraba a Alma.

Ella hacía símbolos extraños en la arena.

De pronto mis hermanos no estaban. La playa se había vaciado y el cielo era violeta, profundo como unos ojos, y se intuían las primeras estrellas.

Traté de tararear la canción que le había oído a Alma dentro del amuleto.

Ella levantó los párpados hacia mí y sonrió. También comenzó a tararearla. Yo miraba fijamente el amuleto y no pasaba nada. De pronto escuché un tambor, pero no venía del amuleto. Era Alma que golpeaba con sus manos la arena. Palpitaba la arena y estaba fría.

El mar era una presencia a nuestra espalda.

Yo también me puse a golpear el suelo siguiendo su compás. Entonces Alma subió la voz, aceleró el ritmo y se levantó. Yo seguía tocando el tambor, el pulso de la arena bajo mis manos. Y ella empezó a moverse, un pie y otro pie, las caderas, los hombros brillantes y negros. El vuelo de su vestido amarillo entre las piernas.

Se reía y bailaba y yo también me reía sin dejar de tocar el tambor, llevado por los mismos espíritus que ella.

Entonces la vi. Isabella estaba en el paseo y nos miraba. Parecía casi una fosforescencia de lo blanca que era. Me sentí avergonzado, como si su mirada transparente me estuviera recriminando que tocara el tambor y bailara con la niña negra. Me levanté y eché a correr. Isabella ya se alejaba con su madre por el paseo. Yo corrí sin mirar hacia atrás y no paré hasta llegar

a los tejados de la parte alta. Ni siquiera me volví para ver a Alma, de pie sobre la arena, desconcertada, con los brazos inmóviles, a los lados de su vestido amarillo y el pecho todavía agitado por el baile, donde aún se balanceaba el amuleto mágico.

Tan perpleja.

Y abandonada.

Así la encontraron mis hermanos.

Ya en casa, la abuela me miraba y meneaba la cabeza.

22

DESPUÉS VINO EL colegio. Alma y yo íbamos juntos con la cartera a la espalda. Ella seguía descalzándose al doblar la esquina. Yo iba unos pasos más adelante. Un día me di la vuelta y la vi cargando con la mochila en la cabeza. Ese día nos reímos.

Normalmente los niños venidos del mar no venían con nosotros al colegio, pero mi padre se empeñó. Es de ideas fijas, mi padre.

—Pero si no se va a enterar de nada —protesté yo.

—Tú sí que no te enteras de nada —me dijo Samuel, y se rio y con él mis otros hermanos que revoloteaban a su lado.

Mi padre apretó el rostro, que estaba lleno de surcos y quemaduras a causa del mar.

—Va y punto —zanjó.

Íbamos tan temprano que la luz era como hilachas naranjas que nos hacían entrecerrar los ojos aún somnolientos. Incluso a esa hora por todas partes se escuchaba el mar.

A veces nos cruzábamos con hombres negros y Alma los saludaba.

El primer día, la profesora me pidió que presentara a mi «hermana».

—No es mi hermana —dije, ceñudo—. Y no sabemos cómo se llama.

Ella se levantó. Miró con miedo a la profesora y a los demás niños y dijo:

—Me llamo Almaz.

La zeta quedó flotando en su lengua.

—Almaz Sebhat —completó—. Yo, seis hermanos.

Me miró entornando los ojos con dureza y volví a sentirlo. El amuleto me empujaba por dentro. Me llevaba a algún lugar oscuro que apretaba mi corazón. Cerré los párpados inquieto y los vi. A los seis. Corrían por un campo amarillo y verde. Todos se parecían a Alma y llevaban telas de colores y el pecho desnudo al sol. Con ellos iba un burro cargado de cestas repletas de cereal. También había gallinas que se espantaban a su paso. El sol grande y amarillo caía a sus espaldas. Por la ladera rocosa apareció Alma rodeada de ovejas. Les tiraba piedras y les gritaba para que no se alejaran. De pronto, la luz y el aire de mi visión se rompieron atravesados por los disparos y los gritos. Las gallinas revolotearon asustadas. El burro emprendió una carrera desenfrenada. Los niños gritaban, las ovejas corrían. Solo Alma estaba quieta mirando y escuchando con terror.

Abrí los ojos sobresaltado.

Alma —o Almaz— me miraba con aquellos mismos ojos.

23

—¿Y QUÉ FUE DE sus seis hermanos? —me preguntó Jonás en el recreo.

Me encogí de hombros.

—Y yo que sé.

—¿Se ahogaron en el mar?

—No lo sé.

—¿Y qué vais a hacer con ella? ¿Os la quedáis?

—Qué bruto eres —dijo Isabella—. Ni que fuera un pescado.

La miré, tan hermosa.

Después, los tres volvimos la vista hacia Alma.

Estaba sola, al fondo del patio, balanceándose sobre un columpio. Triste y negra como la reina de Saba.

24

TAMBIÉN UN DÍA la vi en lo alto, sentada en los tejados, dejándose envolver por el viento azul de la isla. Corrí hacia ese lugar, que consideraba mío, dispuesto a echarla de allí sin contemplaciones. Sentía que ella todo lo ocupaba, todo, con sus ojos negros y sus rizos negros y sus rodillas negras, brillantes ahora que el sol caía sobre ellas, y me dio rabia.

Mi habitación, mis tejados.

Alma no se volvió cuando escalé hasta las tejas. Sus bucles se levantaban con el aire; detrás de ella, las casas en cascada, diminutas, y el mar tan extenso y violeta y resplandeciente. Por un momento la fragilidad de sus hombros, levemente inclinados hacia adelante, me conmovió. Me refugié en mi rabia, pero cuando llegué gateando hasta donde estaba ya no quedaba nada de ella. Tuve que fingir.

—¿Qué haces aquí? ¡Este sitio es mío!

Fui a levantarla y se balanceó peligrosamente en el aire. Hubo un forcejeo. El vértigo del cemento allá abajo y los destellos del sol, todo hincándose en nuestros estómagos mientras nos sujetábamos, ella a mí y yo a ella, para no caer del tejado. Y al fin, aterrizamos de espaldas sobre las tejas.

—¿Estás bien? —pregunté asustado.

Ella afirmó con la cabeza y luego nos asomamos al borde del tejado. Había una buena caída.

—Por qué poco —dije aliviado, y nos reímos.

Entonces ella vio mi mano. Me había rasguñado con las tejas. Unos hilos de sangre rodeaban los nudillos. Se quitó el amuleto y me lo puso sobre la herida con suavidad, mientras decía unas frases en aquel idioma indescifrable que sonó cálido y misterioso, como el tañido de una lira. Como un viento de África y todos sus pájaros.

Después, nos quedamos sentamos viendo el mar, con su mano sobre la mía.

Y se estaba muy bien así, sin pensar, y éramos como dos gatos.

25

TODO SE DESENCADENÓ un día que volvíamos del colegio. Yo trataba de ir al lado de Isabella, como un perrito faldero. Más atrás, venía Alma.

—¿Por qué no vamos a la playa? A bañarnos —propuse.

Sabía que Alma no vendría. Pero nos siguió.

El aire de septiembre nos envolvía y el azul flotaba por todas partes. El mar, al que ahora todos respetaban, relumbraba al sol. Nosotros, los niños, no le teníamos miedo. A veces, veíamos a los lejos las lanchas de salvamento o aquellas otras atestadas de negros. Pero al mar nosotros no le teníamos miedo.

Nos quitamos la ropa entre gritos y corrimos a la orilla. Las olas rompían contra nuestros cuerpos y saltaban sus esquirlas, los pedazos de mar que nos empapaban.

Eché la cabeza hacia atrás, flotando. El cielo, tan resplandeciente, me hacía entrecerrar los ojos. Me incorporé. Entre los trozos de sol y de mar, vi el cuerpo blanco de Isabella, el agua cayendo por su espalda. Volví la vista hacia la playa. Alma estaba de pie, mirándonos. Como si nos vigilara.

—¡Eh, Alma! —gritó Jonás—. Ven a bañarte.

Ella negó con la cabeza, y su voz nos llegó amortiguada por el viento y el mar.

—No saber nadar —dijo.

—¡Qué brutos sois! —exclamó Isabella, que le encantaba recordárnoslo—. Con lo que le ha pasado cómo va a querer bañarse en el mar.

—No sabe nadar —pronuncié en voz alta, sorprendido, aunque estaba pensando—. No sabe nadar y se ha subido a un barco para cruzar el Mediterráneo.

Los tres nos quedamos en silencio, impresionados.

—Hay que ser muy valiente —susurró Isabella—. Y estar muy desesperado.

Entonces ocurrió.

Lo trajo el mar, empujado por las olas.

26

CHOCÓ CON JONÁS y él se dio la vuelta y gritó. También nosotros gritamos y echamos a correr fuera del agua.

El cuerpo y las ropas estaban infladas. El mar lo balanceaba en su regazo. A veces, lo cubría y luego mostraba su camisa y sus piernas, los brazos en cruz. Lo único que nunca salía del agua era la cara. Las olas lo trajeron a la orilla.

Isabella corrió a avisar a Suleman y a Lisa. Jonás y yo nos quedamos como dos pasmarotes mirando al ahogado. De pronto, Alma estaba allí, arrodillada delante del muerto. Sus ojos como dos pájaros mojados, muy abiertos y muy lejos. Tan lejos que daban miedo.

Cuando llegó Suleman, cogió en brazos a Alma y se la llevó.

Lisa y un policía cubrieron el cuerpo con una sábana. Lisa nos dijo:

—Vamos, chicos, id a vuestra casa.

Recogimos la ropa y las mochilas. Isabella nos esperaba al borde del paseo. Los tres caminamos descalzos, cabizbajos, sin atrevernos a hablar, arrastrando nuestras mochilas.

—¿Y si era uno de sus hermanos? —preguntó Jonás cuando llegamos al final de la calle.

Pero en el mar había demasiados muertos.

Antes de tomar el camino que sube hacia nuestras casas, me di la vuelta.

A lo lejos, el cuerpo delgado y alto de Suleman se perdía en dirección al muelle. La cabeza de Alma reposaba en su hombro y las piernas colgaban de su brazo. Se balanceaban y llevaban zapatos.

Unos zapatos blancos llenos de arena y agua de mar.

27

—Es lo que querías, ¿no? —dijo mi padre. Guardé silencio.

Mis hermanos miraban al suelo y se retorcían las manos y apretaban los labios.

Ellos tampoco dijeron nada.

Mi madre tenía los ojos rojos, como de haber llorado. Ella y mi padre cruzaron una mirada. El salón estaba en penumbra. Afuera se oía una ambulancia y después, el ladrido de los perros. Pero al mar yo no lo oía.

—Es lo mejor para todos. No es solo por Otto —dijo al fin mi madre—. Alma va a estar bien en la casa de acogida. Estará más cuidada que aquí. Le atenderán los piscólogos y los médicos.

Mi padre me miró desafiante.

—Es lo que querías, ¿no? —repitió.

Por un momento me lo imaginé saltando al agua para rescatar el pequeño cuerpo de Alma hundiéndose. El barco pesquero a su espalda. La sombra de una gaviota sobre ellos y el mar cubriéndoles como un sudario. Las manos de Alma, su boca violeta.

Recordé la primera vez que la vi, de la mano de él, como un demonio.

Alma en mi cuarto, Alma en mi tejado.

—No se iba a quedar con nosotros siempre —dije al fin, y la voz me salió ronca.

La abuela me miró con pena. Sus viejos párpados se agolparon y en el borde de los ojos se le formó un nudo de arrugas.

—Te voy a echar de menos por las noches —susurró cuando pasé por su lado.

Sentí cómo su mano me alcanzaba la cabeza.

28

MI MADRE HIZO una pequeña maleta con las pocas cosas de Alma. Después, la llevó de la mano a la casa de acogida.

Mis hermanos le dieron muchísimos besos. Ariel se la subió a la espalda y corrió arriba y abajo de la casa. La abuela era la única que no lloraba. La vida la había hecho dura, decía. Pero le temblaban las manos que escondía bajo el delantal.

Mi padre estrujó a Alma entre sus brazos.

—Te iremos a ver —dijo.

Y se fue al garaje a arreglar los aparejos de pesca.

—Anda, Otto —ordenó mi madre—, despídete como Dios manda.

Alma y yo nos miramos y nos quedamos frente a frente sin saber qué decirnos. Llevaba su vestido amarillo y estaba muy guapa. Los bucles le caían por los bordes de la cara y sus ojos almendrados, como pintados con esmalte negro, brillaban.

—Adiós —dije sin moverme del sitio.

—*Yekenyelley* —dijo ella, y yo ya sabía que significaba «gracias»—. Adiós, *dmu* —añadió.

Levantó apenas su mano y yo vi la palma blanca contra el vestido, contra su piel morena, y me di la vuelta. No quise ver más. No quise ver cómo mi madre agarraba aquella mano y se la llevaba.

29

LAS SÁBANAS ESTABAN frías. Había recuperado mi cuarto y sin embargo echaba de menos el calor de la abuela. Una tenue luz se colaba por la ventana abierta y había en toda la estancia un vacío de Alma, un pálpito que era su olor y su recuerdo. A lo lejos, el mar.

Di vueltas sobre la almohada. Cuando estaba a punto de dormirme me llegaron las imágenes. Siete niños negros cargando con bolsas enormes. Las niñas las llevaban sobre sus cabezas. Seguían a una mujer vestida con telas de colores, bajo un paraguas también de colores que la protegía del sol. Levantaban polvo en el camino. A veces dejaban atrás rebaños de camellos, de ovejas y seguían caminando. Gargantas, valles, montañas. El camino bordeando el río azul, siempre hacia el norte, siempre caminando entre bandadas de mosquitos y un calor asfixiante. Escondiéndose a causa de los bandidos. El río, poco a poco, excavaba un cañón en las rocas y de pronto, entre el verdor del follaje, las cataratas. La mano de Alma señaló el arco iris que cruzaba el torrente de agua. En la cara extenuada de los niños, el asombro.

Abrí los ojos con el corazón acelerado por aquellas imágenes. Por un momento pensé que, al abrirlos, encontraría aquellas cascadas de agua. Me alegré al descubrir la penumbra de mi cuarto. Di la vuelta sobre la almohada y seguí caminando con aquellos niños toda la noche. Y ahora el camino se hacía áspero, y no tenían agua y había soldados y hombres negros que les gritaban. Después, alcanzaron los arrabales de una ciudad.

Cuando desperté, recordaba a la perfección todas las imágenes. Di varias vueltas en la cama antes de abrir los ojos y recibir el bullicio del sol. Me incorporé, y entonces descubrí el cordón negro saliendo bajo la almohada. La levanté ansioso, prediciendo lo que iba a encontrar debajo.

En efecto, allí estaba, descansando sobre la blancura de la sábana: el amuleto que Alma había llevado en su cuello. Supuse que ella lo había dejado allí para que yo lo recuperase.

Me pareció que bombeaba, que una diminuta luz salía de su cuero. Y entendí: aquel era el lugar del que venían mis sueños.

30

LA VIDA SIN Alma volvió a la normalidad. A veces, a la salida del colegio, me quedaba mirando a lo lejos las casas de acogida. Después, tenía que echar una carrera para alcanzar a Isabella y a Jonás.

Alguna mañana, nos parábamos frente al camino y veíamos el autobús destartalado que llevaba a los niños venidos del mar a la parcela de la parroquia. Saludábamos con la mano y yo buscaba entre todas las caritas negras la de Alma.

Un día la descubrí tras el cristal. Sus ojos oscuros se clavaron en los míos, y el autobús se iba y la perdí de vista.

En casa apoyaba la barbilla en la mano y no hacía caso de mis hermanos, gritando, alborotando todo el día, como un enjambre de moscas.

—¿Y a este, qué le pasa? —preguntó Samuel.

—Que echa de menos a la reina de Saba —dijo Ariel, inclinando la cabeza hacia atrás y riéndose.

—¡Que no, que no es eso! —dije.

Y salí enfurecido del cuarto.

A veces subía a los tejados de la parte alta y dejaba que el azul me ciñese.

«Eres un *dmu*» —me decía.

Y repetía aquella palabra «*dmu, dmu*», que me producía un sensación dulceamarga, como una hilera de hormigas bajando por mi estómago.

Por la noche, colocaba el amuleto bajo la almohada y soñaba.

31

EN LAS IMÁGENES de mis sueños, veía los edificios irregulares de la ciudad, el camión cargado de sacos por el que escalaban y se apretaban hombres, niños, mujeres. Muy juntos, allá arriba, con el viento y el traqueteo metiéndose en las espaldas, en los ojos. El camión se alejaba de la ciudad en dirección al desierto. El movimiento les hacía aferrarse unos a otros. Alma, allí arriba, se arrebujaba entre sus hermanos y su madre: un racimo de caritas negras, asustadas.

Las llanuras extensas, secas como piel de elefante, se perdían hasta donde la vista alcanzaba. Corrían con el aire entre las cabezas y los brazos de los hombres. El sol incendiaba la tarde. Todo se iba volviendo amarillo y la arena se metía en los ojos. A veces se detenían, tomaban té y dátiles. Se acurrucaban entre las ruedas del camión. Tenían miedo de los traficantes, de las caravanas que descubrían a lo lejos.

El viaje era muy largo, días, semanas. Cuando pensaban que ya no podrían más, el camión se estropeó.

Caminaron, y la tierra seca y la arena y las piedras se hincaban en la planta de los pies.

El sol caía sobre sus cabezas como una calabaza, pero ellos caminaban. A veces la mujer llevaba a la espalda a alguno de sus hijos. El sudor le resbalaba por el cuello y era como una perla negra, refulgente. Porque así son las joyas de los pobres.

Al fin, a lo lejos, alguien señaló: un tapiz de luces y palmeras verdes.

Pero el viaje no había terminado. Aún quedaba mucho para llegar a Trípoli. Ese era el nombre que estaba en todas las bocas, en todos los corazones. Trípoli.

En Trípoli estaba el mar.

—Cuando lleguemos a Europa —decía la madre—. Todo será distinto. Tendremos una casa y comida, y viviremos en paz.

Por la mañana, todas esas imágenes permanecían en mis párpados, y al abrir los ojos se desvanecían con la luz. Pero un rastro de ellas, como un viento seco, permanecía en mi corazón. Y lo conmovía.

32

NOS SENTAMOS TODOS alrededor de la mesa camilla. Por un momento, pensé que Alma seguía debajo. Sonreí al recordar cómo la había sacado de ahí. Toqué el amuleto que llevaba en mi bolsillo.

La abuela puso las manos en el regazo y sonrió bondadosamente. Mis hermanos apoyaron los codos en la mesa, mirándola expectantes. Por la ventana se colaba el aire y era frío. Traía las voces del mar.

La abuela fue a decir algo, pero se arrepintió. Se recostó en la silla y entrecerró los ojos.

—Venga, abuela —rogó Mateo.

—Venga, qué.

—Que nos lo cuentes ya.

—El qué.

—Lo que sea.

—Un cuento de la isla —pidió Ariel.

La abuela negó con la cabeza. Volvió sus ojos viejos hacia mí.

—No —dijo—. Os voy a contar la historia de la reina de Saba.

Mis hermanos me miraron risueños.

—Eso —dijo Samuel—. A Otto le gustará conocerla.

Y se rieron.

Estuve a punto de levantarme, pero mi curiosidad me venció.

—A mí me da igual —dije, encogiéndome de hombros—. Como si quieres contar la historia de la escobilla del váter.

Mis hermanos estallaron en nuevas carcajadas.

La abuela cabeceaba con los ojos muy pequeños.

—Makeda era la reina de Saba —comenzó—. Vivió en Aksum, en lo que es ahora Etiopía, hace 3000 años. De pequeña había crecido entre los ventisqueros de arena del desierto y era poderosa y negra. Un día, escuchó hablar de las virtudes del profeta Salomón en la lejana Israel, y decidió emprender un viaje para conocerlo. El profeta Salomón sabía de la belleza y la inteligencia de la reina de Saba porque una abubilla, que es un pájaro dorado y negro, se las había cantado cada amanecer. Tras un largo viaje, Makeda llegó al palacio del profeta cargada de regalos. Le hizo muchas preguntas para comprobar su sabiduría, y sus respuestas la complacieron. Del mismo modo, la belleza y el entendimiento de la reina negra cautivaron al profeta Salomón. Ella estuvo seis meses en su palacio y de ese encuentro...

—Bah —dije levantándome y poniéndome rojo—. Es una historia de amor.

Y me fui.

33

COLOQUÉ EL AMULETO debajo de la almohada. Apoyé la cabeza y cerré los ojos. No llegaban las imágenes. Solo la fosforescencia roja de los párpados, la silueta latente del marco de la ventana donde campaba el viento. El mar. Y entonces sí, llegó a mí: la ciudad. Era Trípoli. Un desorden de agujeros en los edificios blancos y cuadrados. Un desorden también de coches, de hombres y de fusiles. El mar lo bordeaba y era como una esperanza. Había un puente con mucha luz. Pero el lugar donde se apiñaban los desesperados, como ratas, era en una playa de las afueras de la ciudad. Los traficantes les apuntaban con fusiles y eran muchos, demasiados. La mujer abrazaba a sus siete hijos como podía, le crecían brazos para poder abarcarlos. No se sabía por qué a veces los traficantes pegaban a un negro con el canto de sus armas.

Alma le entregó a un hombre los billetes que la madre había ahorrado durante toda su vida, los billetes que obtuvo también de la venta de las cabras, del burro. El que le quedaba después de un año de viaje. El hombre los cogió y sus dientes brillaron en la noche. También la puntera del fusil que apoyaba en el estómago de la niña, y que subió lentamente hacia su barbilla, brillaba. El hombre sonrió y era siniestra esa sonrisa, y el fusil subía y ahora le apretaba el mentón. Alma lloraba sin hacer ruido. Tenía miedo de que si hacía ruido, disparase. Al fin, el hombre bajó el arma y se dio la vuelta. Alma quería correr a refugiarse en los brazos de su madre, pero no podía. Estaba paralizada por el terror. Después, hubo gritos y un barullo de hombres, de órdenes y empujones.

En la orilla había tres lanchas neumáticas, con un motor muy pobre y diez latas de combustible en cada una. En la confusión que generaban los gritos, los empellones, las bocas negras de los fusiles, cientos de hombres se iban apiñando en las barcas y Alma se perdió de su familia. Solo su hermano, el mayor, corrió a por ella. Los dos se vieron empujados al centro de una de las lanchas y se sentaron allí, rodeados de los brazos y las piernas y los ojos aterrados de los otros negros. Buscaron

desesperadamente las caras de su madre, de sus hermanos y fue inútil. Quisieron huir, pero el agua había comenzado a salpicarles. Sintieron el viento frío y el movimiento ondulante, tan frágil, de la lancha. La oscuridad violenta hacia la que avanzaban. Las luces de la ciudad se perdieron en la noche. No había más esperanza que el mar que los rodeaba. Eran muchos y se apretaban en las lanchas. Se oían rezos en distintas lenguas africanas. La noche era muy negra y el mar más negro aún, como la boca de un monstruo que los meciera antes de tragárselos.

Alma apoyó la cabeza en el hombro de su hermano y tiritó de miedo, de frío. El tiempo se había detenido en esa sombra que los congelaba y los acunaba. Muchas horas a la deriva, soñando con un punto de luz que rompiera aquella negrura. Entonces, Alma se puso a tararear las notas que cantaba mientras trenzaba las cestas en su poblado natal, a la puerta de su casa. No tardaron en sumarse más voces, todas las voces. Como un único clamor que vibraba en la garganta de los negros perdidos en el mar. Y ese alarido, ese grito levantado hacia el cielo, para combatir el miedo, y la desesperanza en mitad de la nada, llenó mi cuarto y abrí los ojos.

Sudaba. Sus voces atronaban mis oídos.

Saqué el amuleto de debajo de la almohada y lo lancé con furia, lejos. Se estrelló contra la pared.

Los cánticos de los negros se silenciaron al instante.

Solo mi respiración.

Y el incansable y monótono zumbido del mar.

34

CONFUSO, SUBÍ A los tejados.

El aire de octubre jugaba con los pájaros de la isla, se perdía en el azul que rodea la costa. Desde el tejado, contemplaba el mar encabritado. Las piernas colgaban en el aire y los pantalones se subían mostrando el remolino de unos calcetines blancos y el cuero desgastado de mis deportivas.

Me gustaba sentir el viento en la cara. No pensar. No pensar.

Escuché un ruido a mi espalda y supuse que era un gato. Algo me alertó. No podía ser un gato porque sentía sus ojos posados en mi espalda, su mirada humana escudriñando mi nuca, como las alas invisibles de una mosca. Mi corazón dio un vuelco al pensar que pudiera ser Alma. Me volví ansioso y me encontré con el rostro negro de Suleman, sus brazos fuertes haciendo una flexión para elevarse al tejado. Se sentó junto a mí. Estuvo un rato en silencio mirando el mar. Después, dijo:

—Mañana se va.

En mi bolsillo el amuleto comenzó a palpitar, se me clavaban sus esquinas. Arrugué el entrecejo y no dije nada.

—Alma —me explicó como si yo no hubiera comprendido—. Se la llevan a la península, a la capital. Allí han encontrado a una familia de acogida.

Guardó un largo silencio donde se instaló el mar.

—Igual te gustaría despedirte de ella —añadió.

Me encogí de hombros porque no sabía. Revolví el bolsillo y saqué el amuleto.

—Dale esto de mi parte.

—¿Por qué no se lo llevas tú?

35

Seguí a Suleman con desgana. Los dos bajábamos las calles silenciosos. La gravilla sonaba bajo nuestros pies. Al fin él, cuando llegamos a la casa de acogida, me dijo:

—Tus padres vendrán mañana a despedirla, pero supuse que preferías verla sin ellos delante.

Me encogí de hombros.

Entramos en la casa y allí estaba Alma en una sala llena de literas. Estaba sentada en una de ellas, cerca de la ventana. Cuando me vio, sonrió de tal modo que la culpa me dolió. Al fin y al cabo, Alma se iba porque yo había hecho lo posible para que no se quedara con nosotros en casa. Habría sido mejor no haber venido.

Nos quedamos un rato callados mirándonos. Suleman carraspeó, antes de despedirse y desaparecer dejándonos solos. Miré por la ventana y vi las barcas del puerto y el mar como una moneda. La luz de la tarde caía en los cristales y en el pelo de Alma, y era naranja.

Saqué el amuleto del bolsillo y, del mismo modo que había hecho debajo de la mesa camilla, se lo puse en el cuello. Mis dedos rozaron su piel tan suave. Ella se llevó las manos a la cuerda de cuero, lo desabrochó.

—Tú necesitas más —dijo extendiéndomelo.

—¿Yo? No, yo no.

Entonces ella se rio y achicó los ojos y dijo algo maliciosa:

—Sí, para tú con Isabella.

Me sonrojé de tal modo que sentí palpitar mis mejillas.

—No lo necesito —protesté enfadado, pero al fin la risa de ella me contagió y acabé riendo. Se notaba que no estaba resentida conmigo.

—Tú eres más guapa que Isabella —dije.

Y no sé por qué lo dije y nos quedamos callados.

Aún estuvimos un rato así. Luego ella tuvo una idea.

—Espera —dijo.

Regresó con unas tijeras y cortó el amuleto y la cuerda en dos. Era muy torpe con las tijeras y tuve que ayudarla. Cuando estuvo cortado,

anudó una de las partes a mi muñeca derecha y se ató la otra en su muñeca izquierda.

—Así siempre acordarnos —dijo ella—. Y magia para los dos.

—¿Cómo puede ser? —pregunté tocándome el amuleto—. Lo de la magia, ¿cómo puede ser?

Ella se encogió de hombros.

—No magia aquí —dijo señalando su trozo de amuleto—. Magia aquí. —Y puso su dedo en mi corazón—. Y aquí. —Lo llevó ahora hacia mi sien y lo apoyó con suavidad. Sonrió—. Amuleto solo ayuda.

Después, nos sentamos en la cama los dos y estuvimos un rato, cada uno mirando nuestro trozo de amuleto.

Cuando regresé a casa, despacio, subiendo la ladera, con el viento de la isla metiéndose entre mis orejas, tomé la decisión.

Ya era hora de que yo hiciera algo.

Algo por ella, como me habían repetido tantas veces mis padres.

Algo que hiciera que todo volviera al principio.

36

ESPERÉ A QUE todos estuvieran dormidos y salí de casa sigiloso. Me alegré de que no tuviéramos perro al que alertaran mis ruidos. Me recibió el viento frío. La noche era de un violeta profundamente oscuro y hondo, donde cualquier cosa tenía cabida. Abajo, en el puerto, una luz titilaba.

Caminé hacia allí, decidido. En el silencio de la noche se escuchaba el mar que rodeaba la isla como un animal jadeante. Y su ruido crecía y lo llenaba todo. No quise pensar en los muertos que escondía aquel mar, y corrí hacia la casa de acogida. No tardé en encontrar la ventana que estaba junto a la litera de Alma. Apoyé las manos en el cristal. Las camas abultadas con cuerpecitos se sucedían en hileras apenas esbozadas en la penumbra. Distinguí los bucles de Alma saliendo en desorden por la sábana y el ritmo acompasado de su sueño, apenas separada de mí por el cristal. Lo golpeé, temblaba el cristal bajo mi pulso acelerado. Tuve que repetir la operación varias veces y entonces, cuando ya la desesperación empezaba a apoderarse de mí, Alma abrió los párpados y los círculos blancos de sus ojos brillaron en la penumbra. Tardó en comprender lo que estaba viendo. Le hice gestos. Ella se levantó como un gato y abrió la ventana.

—¿Qué hacer aquí, *dmu?*

Me puse el dedo en los labios rogándole silencio.

—¡Ven! —dije, extendiéndole la mano.

Ella, obediente, saltó por la ventana. Nos quedamos los dos mirándonos en mitad de la noche. Su cara mostraba sorpresa y algo de miedo. Llevaba un pijama blanco, y el pelo, que enmarañaba el viento, estaba muy desordenado.

Volví a ponerme el dedo en los labios.

Le cogí de la mano y tiré de ella.

Me volví y nos sonreímos.

Después, caminamos en la noche y el mar nos acompañaba.

37

Fuimos a la playa, yo la llevaba de la mano y ella se dejaba hacer como un perrito asustado, pero no estaba asustada. Nuestros amuletos se golpeaban y hacían un ruido extraño, como un susurro de hojas y también nuestros pasos. De tanto rozarse, pensé que en cualquier momento saldría una chispa de ellos.

Me senté en la arena que estaba muy fría y ella aterrizó a mi lado cuando tiré de su brazo. Nos reímos en silencio.

El mar hacía mucho ruido, escalaba por la arena mojada y se iba. Yo tenía miedo de los ahogados, pero me esforzaba por olvidarlos. Puse las manos en la arena y empecé a golpearla. Tarareé muy bajito la canción de África, y Alma, en pijama, se puso a bailar y era una reina en la noche.

Era la reina Almaz Sebhat.

Después, volví a tomarla de la mano y, sudorosos, subimos por las cuestas.

En un recodo me detuve y me puse en la cabeza la mochila que había sacado de casa con algo de fruta. Caminamos y se me caía. Tenía que ir con los brazos en alto para agarrarla todo el tiempo. Almaz se reía. Me quitó la mochila y anduvo con ella en la cabeza toda la cuesta sin que se le moviera un milímetro. Daba gusto verla, tan recta, con los rizos alborotados escapándose de la mochila. Después yo me la puse en la espalda y, de la mano, llevé a Almaz a los tejados.

Nos sentamos y comimos una naranja.

Todo era muy negro, pero ahora en el horizonte se divisaba una línea difusa.

Nos echamos en las tejas, con los pies colgando, y miramos las estrellas.

Parecía mentira, viendo aquel cielo, que hubiera desesperados en la tierra.

Nuestras manos seguían juntas y los amuletos rozándose y al fin saltó la chispa.

38

PUEDE QUE ME hubiera adormecido porque todo era agua. De pronto, solo había agua por todos lados. Un agua que tiraba de Alma hacia abajo, que la llamaba para llevársela como se había llevado a tantos otros. Sentí mucha angustia porque el agua no la dejaba respirar. Ya no había restos de la lancha ni de los demás negros. Ya no estaba su hermano a su lado. Su viaje, tan largo, había terminado y estaba sola con el mar. Aquel mar que la reclamaba como reclamaban antes los dioses el sacrificio humano para mantener la prosperidad de los prósperos y nunca se saciaban. Entonces sentí que alguien la subía. Que el aire llenaba de golpe sus pulmones y que abría los ojos. El rostro de un hombre la miraba alarmado. Le gritaba y al ver que había abierto los ojos, se la acercó al pecho y la abrazó llorando.

—¡Estás viva, estás viva! —decía.
Y ese hombre era mi padre.

Yo nunca le había visto llorando.

39

ME MOVÍ Y nuestros amuletos se separaron. La visión se escurrió en la noche y me di cuenta de que el cielo ya no era negro y de que estaba amaneciendo. Alma dormía a mi lado, en el tejado. La desperté.

—¡Vamos, vamos! —le dije—. Es casi de día.

Alma abrió los ojos. Creo que tardó en comprender dónde estaba, pero al verme sonrió.

—¿Dónde vamos?

—¡Dónde vamos a ir! —dije yo y meneé la cabeza como habría hecho la abuela.

40

AÚN DORMÍAN TODOS en casa. Llevé a Alma a mi cuarto y le dije que se metiera en mi cama. Ella se quedó inmóvil, como si no comprendiera, o le diera vergüenza o miedo.

—Estás muy cansada. Tienes que dormir. Mañana hablo con mis padres.

—Pero...

Puse un dedo en los labios para que se callara. La empujé suavemente y ella, al fin, se metió entre las sábanas, los rizos desperdigados. Me miró con sus ojos tan negros y yo le dije:

—Hasta mañana, Almaz Sebhat, mi hermana.

Y ella sonrió y cerró los párpados. Todo el cuarto se puso a respirar con ella y también la isla que amanecía y se volvía azul. Muy azul.

Y los pájaros.

Después, fui al cuarto de mi abuela y con mucho cuidado de no despertarla, me colé en su cama.

41

EL REVUELO DE la casa me despertó sobre-
saltándome. La isla se había puesto patas
arriba buscando a Almaz. Cuando mi madre
entró en mi cuarto para despertarme y pregun-
tarme si sabía algo de ella, no podía dar crédito
a sus ojos. Llamó a mi padre y los dos, abraza-
dos, se quedaron mirando a la pequeña Almaz
Sebhat dormida entre mis sábanas.

—¿Y Otto? —preguntó mi madre con un
hilo de voz.

—En mi cama —dijo la abuela, que madru-
gaba y que estaba detrás de ellos, sorprendida
también por la imagen de la niña en mi cuarto.

Mi padre no dijo nada, esperó a que yo me
levantara y entonces gritó:

—¡Las cosas no se hacen así! ¡No son así!
Ahora no quiero, ahora quiero. Y el mundo a
mi antojo.

Yo agaché la cabeza.

—A Almaz le espera una familia en la capital —me recordó mi madre.

Por la tarde, vinieron Suleman y Lisa y todos se sentaron a discutir. A última hora, antes de que se llevaran a Almaz, Suleman se puso a mi altura y me susurró:

—Ella va a estar bien en su nueva familia. Y se lleva algo muy importante de aquí. Se lleva el recuerdo de una noche maravillosa con alguien para quien fue importante. No la olvidará, como espero que tú no la olvides.

Negué con la cabeza y después miré por detrás del hombro de Suleman a la niña negra que era Almaz Sebhat y pensé que a esa niña yo la quería.

Suleman me agarró del hombro y me atrajo hacia él.

Apreté mucho las mandíbulas porque no quería llorar.

42

DESDE LA VENTANA, junto a la abuela y a mis hermanos, vi a Almaz alejarse con Suleman, Lisa y mi madre. Llevaba su vestido amarillo y caminaba cabizbaja, torciendo ligeramente los tobillos como si los zapatos le hiciesen daño. Antes de doblar la esquina, Almaz se giró y miró hacia nosotros, entornando los ojos. Se llevó la mano a su muñeca izquierda donde colgaba el amuleto partido por la mitad. Yo hice lo mismo con mi trozo de amuleto y ella sonrió. Entonces apareció otra Almaz en mis ojos. Caminaba con una hermana rubia y un padre alto, perdiéndose, entre risas, por las calles de la capital. Al instante la visión se desvaneció y la Almaz real agitó la mano en señal de despedida.

Mi trozo de amuleto palpitaba en mi muñeca.

Mis hermanos guardaban un silencio respetuoso cuando las siluetas se perdieron al doblar la esquina.

43

AÚN TARDÉ UN rato en entrar en el garaje donde mi padre preparaba los aparejos para subir a su barco. Se estaba poniendo las botas y el impermeable y fruncía tanto el ceño que debía de dolerle. Pensé que ese era el rostro del hombre que había llorado al rescatar a Almaz.

—¿Vienes a pedir perdón? —me preguntó con dureza.

—No —dije—. Vengo a darte las gracias.

La sorpresa alisó sus arrugas.

—A darte las gracias por salvar a Almaz —añadí.

Entonces dejó caer los brazos y su mirada se fue un momento lejos y regresó. Tardó en hablarme, pero cuando lo hizo su voz sonaba suave.

—No se puede negar que seas un buen chico.

Me pasó la mano por el pelo, sonrió y salió del garaje cargando con los bártulos de faena. Contemplé su figura, a contraluz, con el largo embozo, la cesta a la espalda, los palos de las cañas y sus carretes. Las botas que le alcanzaban las rodillas y aquel andar tan suyo, que comencé a imitar.

Era la primera vez que la figura de mi padre me impresionaba.

Todo a su alrededor era el rugido del mar y caminaba hacia él, imperturbable como lo haría un héroe.

Apéndice

NUNCA MÁS VOLVÍ a ver a Almaz. A veces coloco mi trozo de amuleto bajo la almohada y trato de averiguar qué fue de ella. Hasta ahora el amuleto no me ha dicho nada. Pero confío en que algún día un hilo de luz salga de él y tire de mí y me lleve hasta el extremo de su resplandor, donde atado a la muñeca izquierda de una muchacha negra encuentre el otro trozo de amuleto.

Encuentre a Almaz.

Quizá no ocurra nunca. Yo, mientras tanto, subo a los tejados y me dejo envolver por el azul, convertido en un *dmu* y recordando que una vez tuve una hermana llamada Almaz Sebhat.